HERMAN MELVILLE

Moby-Dick;
oder: Der Wal

Gelesen
von Christian Brückner

Deutsch
von Friedhelm Rathjen

Beibuch
von Katharina Theml
und Martin Weinmann

ZWEITAUSENDEINS

Wahnsinnstat der Natur: Stoff für einen Roman

»Im Jahre 1820 kreuzte das Schiff Essex, Kapitän Pollard, aus Nantucket, im Pazifischen Ozean. Eines Tages sichtete man blasende Tiere, fierte die Boote herunter und lieferte einem Schwarm von Pottwalen eine Jagd. Binnen kurzem wurden etliche der Wale verwundet; als plötzlich ein sehr großer Wal, den Booten entfliehend, aus dem Schwarm ausbrach und direkt auf das Schiff zuhielt. Seine Stirn gegen dessen Rumpf schmetternd, schlug er es solchermaßen leck, daß es binnen weniger als ›zehn Minuten‹ kenterte und sank.«

WIE MACHT MAN AUS KATASTROPHEN KUNST? Heutzutage ist das ein automatischer Prozeß. Ein Atomkraftwerk explodiert? Innerhalb eines Jahres haben wir in London ein Stück auf der Bühne. Ein Präsident wird ermordet? Sie können das als Buch haben oder als verbuchten Film. Krieg? Schickt die Romanautoren rüber. Eine schaurige Mordserie? Höret den Einmarsch der Dichter. Schließlich müssen wir sie begreifen, diese Katastrophe; um sie zu begreifen, müssen wir sie uns vorstellen können, daher brauchen wir die Künstler mit ihrer Vorstellungskraft. Doch wir haben auch das Bedürfnis, sie zu rechtfertigen und zu verzeihen, diese Katastrophe, wenn auch nur ein ganz kleines bißchen. Warum ist es dazu gekommen, zu dieser Wahnsinnstat der Natur, diesem Augenblick menschlicher Tollheit? Na ja, wenigstens ist Kunst daraus entstanden. Vielleicht sind Katastrophen, letzten Endes, dazu da.

Etymologie des Wortes »Wal« und achtzig Zitate, den Wal betreffend, von der Genesis bis zum anonymen Walfängerlied.

Warum Ishmael das Meer und den Wal wissen will. Ishmael packt seinen Seesack, kommt in New Bedford an, sucht in der kalten Nacht eine Unterkunft und landet im »Gasthaus zum blasenden Wal« des Peter Coffin (Sarg). Das Haus ist voll besetzt, und Ishmael findet sich wohl oder übel damit ab, das Bett mit einem Harpunier zu teilen. Dieser entpuppt sich dem entsetzten Schläfer als grauslich tätowierter Heide, aber, nach einigen Mißverständnissen, als liebenswürdiger Schlafkollege und Mensch Queequeg. Groteske Ankleidezeremonie und Walfängerfrühstück.

Kapelle der Waljäger, Epitaphe, Gedanken an den Tod. Pater Mapple, »in seiner Jugend war er ein Seemann und Harpunier gewesen«, entert die Kanzel auf einer Strickleiter,

holt sie ein und hält eine seemännische, gewaltige Predigt über den Propheten Jona. »Aber der Herr schickt einen großen Fisch, Jona zu verschlingen.«

»Von dieser Stund an hing ich an Queequeg wie eine Klette; ja, bis der arme Queequeg seinen letzten Tauchzug tat.« Herberge im »Trankessel«; das Wirtshausschild gleicht einem Galgen.

Ishmael erkennt Queequegs einfältiges, redliches Herz, wird sein Blutsbruder, opfert mit ihm vor seinem Götzen Yojo, und Queequeg erzählt im Bett sein kannibalisches Leben. Auf dem Schiff nach Nantucket rettet der Heide seinem Beleidiger das Leben.

Ishmael sucht ein Schiff und findet die »Pequod« (nach einem ausgerotteten Indianerstamm benannt). »Ein edles Gefährt, aber irgendwie auch ein höchst schwermütiges!« Die Reeder Peleg und Bildad, letzterer ein schnurriger Erzquäker, fromm und hartherzig, heuern

1-038	XXI	Es geht an Bord	8:37
1-039	XXII	Frohe Weihnacht	13:00
1-040	XXIII	Die Leeküste	3:50
1-041	XXIV	Der Anwalt der Verteidigung	14:33
1-043	XXV	Postskriptum	2:40
1-044	XXVI	Ritter und Knappen	11:02
1-045	XXVII	Ritter und Knappen	13:36
1-046	XXVIII	Ahab	11:55
1-047	XXIX	Auftritt Ahab; zu ihm, Stubb	9:11
1-048	XXX	Die Pfeife	2:29
1-049	XXXI	Königin Mab	6:23

das Freundespaar an. Peleg zu Ishmael, der den Kapitän sehen will: »Aber ich glaube nicht, daß es dir gegenwärtig möglich sein wird … Er ist ein wunderlicher Mann … keine Bange, keine Bange. Er ist ein prächtiger, gottloser, gottähnlicher Mann, Kapitän Ahab … Merk dir's, sei vorgewarnt.« des Elia. Während Tante Charitas Nachtmütze und Reservebibel an Bord nachreicht, Bildad psalmodiert und Peleg Fußtritte austeilt, werden die Anker gehievt, die Segel gesetzt. Die Reeder verlassen schweren Herzens ihr Schiff, das am Weihnachtstag in See und in sein Schicksal fährt.

Warnung eines Unbekannten mit Namen Elia, vor Ahab und Schiff. Ausrüstung. Fünf Schatten huschen an Bord. Zweite, dunkle Prophetie

Ein Wort zu Ehren des Walfangs. »Ritter und Knappen«: Der Obermaat Starbuck, ernst, ehrfürchtig, grüblerisch, von einer »schier hilflosen

Tugend oder Rechtschaffenheit«. Der Zweite Maat Stubb, leichtherzig, lustig, voll »unanfechtbarer Fröhlichkeit der Gleichgültigkeit und Rücksichtslosigkeit«. Der Dritte Maat Flask, ein rotbackiger Raufbold, voll »durchdringender Mittelmäßigkeit«. Jeder von ihnen führt ein Walboot. Ihre Knappen sind die Harpuniere: Queequeg, der schlangenhafte Indianer Tashtego und der schwarzhäutige Daggoo, ein »gigantischer, kohlrabenschwarzer Negerwilder«. Die Besatzung: »eine Anacharsis-Cloots-Abordnung von allen Inseln des Meeres und allen Enden der Erde«.

Eines Tages, als der Winter im Norden zurückbleibt, steht Ahab, der Kapitän, an Deck, breit, hoch, ein Krüppel »mit Marterspuren im Gesicht; und all der namenlosen königlichen überwältigenden Würde irgendeiner mächtigen Pein«. Sein aus Walbein gedrechselter Beinstumpf steht in einem Bohrloch der Planken.

Eine gewisse systematische Darstellung des Wals in seinen weitverzweigten Gattungen.

Alle Mann achteraus! Ahab nagelt eine Golddublone an den Mast für den, der zuerst den Weißen Wal, Moby Dick (der Ahab zum Krüppel machte), sichtet. »Trinkt, ihr Harpuniere! trinkt und schwört, ihr Männer, die bemannen des Walboots tödlichen Bug – Tod für Moby Dick! Gott jage uns alle, wenn wir nicht Moby Dick zu Tode jagen!« Die wie hypnotisierte Mannschaft schwört, johlt und flucht. Sonnenuntergang, Dämmerung, Abendwache: Monologe Ahabs, Starbucks, Stubbs; um Mitternacht tanzt und schlägt sich die Mannschaft, Negerjunge Pip schlägt dazu das Tamburin, ein Alter von der Insel Man (Mensch) kommentiert.

Der Erzähler stellt Moby Dick vor: furchtbares Fabelwesen, allgegenwärtig und unsterblich, unbesieglich, voll unerhörter Tücke; »alles Böse

war dem verrückten Ahab aufs sichtbarste verkörpert und aufs handgreiflichste angreifbar gemacht in Gestalt Moby Dicks«. Über Weiß als Farbe; mystisch, furchtbar, unfaßbar.

Ahab, Nacht für Nacht einsam über der Karte der Waltracks, schläft mit geballter Faust. »Gott stehe dir bei, alter Mann, deine Gedanken haben ein Geschöpf in deinem Innern erschaffen; und er, dessen abgründiges Denken ihn solchermaßen zu einem Prometheus macht; ein Geier nährt sich ewig von jenem Herzen; jener Geier eben das Geschöpf, das er erschaffen.« Historische Beweise, daß ein Pottwal ein Schiff versenken kann.

Wal! Wal! Ahab, von fünf dunklen Gestalten umringt, geht ins Boot. Der Wal entkommt. Ahabs Boot und seine Crew: tigergelb, »Agenten des Teufels«; Fedallah, ihr Harpunier, ein Parse im weißen Turban, »ein vermummtes Mysterium«. Ein »Geisterblas«

narrt das Schiff Nacht für Nacht und lockt es am Kap der Guten Hoffnung vorbei nach Osten.

Erste Schiffsbegegnung: die »Albatros«, schweigend, bleich. Die Frage Ahabs an jedes Schiff: »Habt ihr den Weißen Wal gesehn?« Zweites Schiff: die »Town-Ho« und ihre heidnisch-meuterische Geschichte.

Über Walfischdarstellungen. Meereswiesen, der große Kalmar, die magische Walleine.

Stubb fängt einen Wal. Über die Technik des Walfangs vom Harpunenwurf zu Walsteaks und zur Enthauptung des Pottwals. Ahabs ehrfürchtige Apostrophe an das Walhaupt: »die Sphinx«.

Drittes Schiff: die »Jeroboam«; sie hat den Steuermann durch Moby Dick verloren; ein Wahnsinniger hat als »Erzengel Gabriel« die Mannschaft in der Hand und schleudert prophetische Drohungen gegen Ahab.

Über den Kopf von Glatt- und Pottwal (Inneres, Äußeres, Stirn, Stoßkraft, Walrat, Physiognomie und Hirn). Queequeg rettet Tashtego aus der Walratzisterne im sinkenden Pottwalkopf.

Viertes Schiff: die »Jungfrau«; ihr Kapitän bettelt um Öl; ihre Boote werden von denen der Pequod bei der Waljagd geschlagen; der Wal, längsseits, droht die Pequod zum Kentern zu bringen, die Haltetrossen werden gekappt.

Ruhm und Ehre des Walfangs; über den Wal und Jona in der Historie, Lanzenwurf, Atemstrahl, Spritzloch und Schwanz.

Piraten in der Sundastraße, »die große Armada«, eine riesige Walfangflotte, voraus. Die Boote treiben mitten ins Herz der Herde: Verwunschene Stille; säugende Kühe, Neugeborene an der Nabelschnur. Über Walschulen, Einzelgänger, Walrecht.

Fünftes Schiff: die »Rosenknospe«, entsetzlich duftend, Walkadaver längsseits. Der gewitzte Stubb schwatzt den Greenhorns einen Wal ab und findet in ihm Ambra. Pip, ein »überaus helles« Kerlchen, munter, überweich und bang, springt aus dem Walboot, wird erst nach Stunden aufgefischt. Von Stund an schwachsinnig, begleiten seine »himmlischen Gedanken« die Tragödie des Schiffs, hellsichtig, rührend und weh.

Über die Walverarbeitung: Abspecken, Zerkleinern, Kochen (Nacht, rote Hölle an Deck, wüstes Gelächter), Verstauen und Reinschiff. Meditation Ahabs und der anderen vor der Dublone am Mast.

Sechstes Schiff: die »Samuel Enderby« hat Moby Dick dreimal gesehen, ihr Kapitän verlor einen Arm. Nachträge zum Wal: Proviant von Walfängern, Walskelett, Walfossilien, Wal als Gattung.

Ahab ruft den Zimmermann, ihm ein neues Bein zu machen. Große Dialoge Ahabs, voll Schmerz und Auflehnung, mit dem Zimmermann und Starbuck.

Queequeg erkrankt, wird aufgegeben, läßt sich in seinen Sarg legen und gesundet. An Formosa vorüber in den »umrätselten, göttlichen« Pazifik. Ahab schmiedet sich eine Harpune »für den weißen Teufelsbraten« und härtet sie im Blut der Heiden an Bord.

Siebentes Schiff: die »Bachelor« auf der Heimfahrt, voll Beute, glückstrahlend das eine Schiff, das andre ahnungsschwer. Reicher Fangtag der Pequod. Ahab vor dem sterbenden Wal. Seine und des Parsen nächtliche Wache im Boot beim toten Wal. Fedallahs Weissagung: Zwei Bahren werde Ahab vor seinem Tod sehen, nur durch Hanf sterben.
Er, der Parse, aber werde sein Lotse sein.

Kurs auf den Äquator; Ahab zertrümmert den Oktanten. Taifun und See von Osten, wo Ahab den Wal weiß. Die Segel in Fetzen, Elmsfeuer, Donner und Blitz. Ahab, den Fuß auf dem Nacken des knienden Parsen, die Blitzkette in der Hand: »Jetzt erkenne ich dich, du reiner Geist, und nun erkenne ich, daß deine rechte Anbetung der Trotz ist. … Oh, du reiner Geist, von deinem Feuer schufest du mich, und wie ein wahres Kind des Feuers hauche ich es dir zurück.« Starbuck: »Gott, Gott ist gegen dich, Alter; laß ab!« Fast meutrischer Schrei der Mannschaft. Ahab droht und erinnert an den Eid.

Starbuck, die Muskete in der Hand, scheint »mit dem Engel zu ringen«, legt die Waffe fort. Der Kompaß zeigt Kurs Ost, während die Pequod nach Westen hält. Ahab, »voller Verachtung und Triumph«, polt den Kompaß um. Loggen; die Logleine bricht. Dialog Ahab – Pip; die beiden Verdrehten, »der eine verdreht vor

lauter Stärke, der andre verdreht vor lauter Schwäche«, Hand in Hand. Wilde Wehrufe in der Nacht. Der erste im Jagdgebiet des Weißen Wals aufgeenterte Matrose ertrinkt. Queequegs Sarg wird zur Lifeboje gemacht.

Achtes Schiff: die »Rachel« weint über ihre Kinder: ihr Walboot, mit dem Jungen des Kapitäns, blieb gestern im Kampf mit dem Weißen Wal. Ahab verweigert die erflehte Suchhilfe: »Gott steh dir bei, Mann, und möge ich mir selbst vergeben, aber ich muß weiter.«

Pip bezieht Ahabs Kajüte; der Alte geht nicht mehr unter Deck, sein Blick hält die verstummte Mannschaft in Schach. Ahab im Krähennest, eine Möwe raubt ihm den Hut.

Neuntes Schiff: die »Delight«; Moby Dick zerschlug ihre Boote; während die Leichen dem Meer übergeben werden, flieht die Pequod

die Totenfeier. »Ein klarer stahlblauer Tag«, Ahabs Träne, Erinnerung, Heimat, Frau und Kind. »Oh, Starbuck! ein milder, milder Wind ist's, und ein mild aussehender Himmel …«

In jener Nacht während der Hundswache …« sieht Ahab den »Weißen Wal …; der großmächtige Gott« offenbart sich. Moby Dick nimmt tastend den Bug des Walbootes in den Rachen, umkreist den im Wasser schwimmenden Ahab.

Der Wal greift an, zerschlägt die drei Boote und Ahabs Knochenbein. Der Parse wird vermißt. Starbuck schreit Frevel. Ahab: »Dieser ganze Akt ist unwandelbar bestimmt worden. 's wurd von dir und mir einstudiert, wohl Billionen Jahre bevor der Ozean gerollt. Narr! Ich bin des Schicksals Statthalter; ich handle auf Befehl.«

Händedruck mit Starbuck. Haie zerfetzen die Riemen, Möwen den Schiffs-

wimpel. Der Weiße Wal, verstrickt im Leinengewirr, auf ihm die zerrissene Leiche des Parsen, taucht auf, rammt das Schiff. Es sinkt. Ahab, allein (»Auf dich rolle ich zu, du allzerstörender, doch nicht erobernder Wal; bis zum Letzten ringe ich mit dir … Mögen alle Särge und alle Totenbahren in einen gemeinsamen Pfuhl versinken! und da nichts von beiden mein sein kann, will ich denn in Stücke gerissen werden, während ich dich immer noch jage, obschon ich an dich gefesselt, du verdammter Wal!«), wirft die Harpune, ihre Leine reißt ihn in den Tod und das Meer.

Ishmael, der einzig Überlebende, saß für Fedallah in Ahabs Boot. Die Lifeboje der Pequod, Queequegs Sarg, hielt ihn über Wasser, bis die »Rachel«, auf der Suche nach ihren Kindern, den Verwaisten fand.

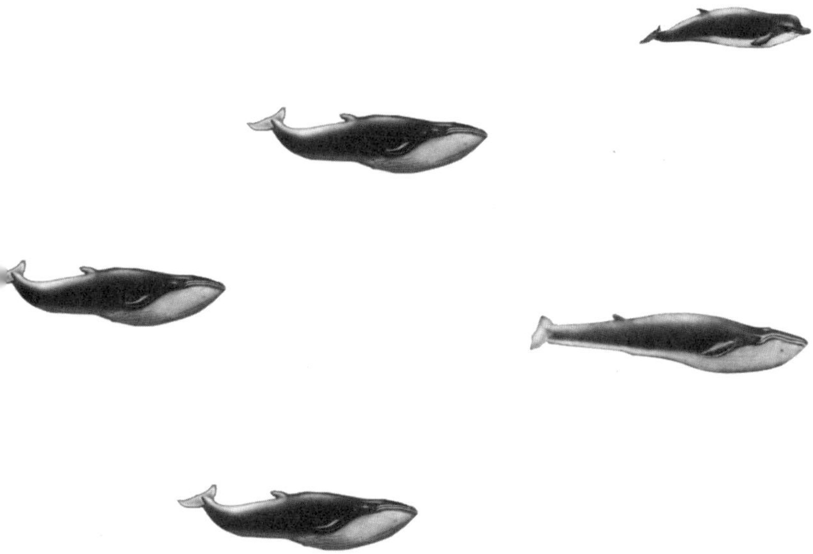

Nennt mich Ishmael

»Als ich vor ein paar Jahren – ohne Belang, wie lange genau her – wenig oder gar kein Geld im Beutel hatte und mich an Land nichts Besonderes reizte, dachte ich, ich wollt ein wenig herumsegeln und den wäßrigen Teil der Erde besehen. Das ist so meine Art, die Trübsal zu vertreiben und die Blutzirkulation zu regulieren.«

»Bei anderen Menschen würden solche Dinge vielleicht keine Veranlassungen gewesen sein; doch was mich betrifft, mich juckt und peinigt ein immerwährendes Verlangen nach entlegenen Dingen. Ich liebe es, verbotene Meere zu besegeln und an barbarischen Küsten anzulanden. Ohne zu mißachten, was gut ist, bin ich rasch zur Stelle, mich dem Grauen auszusetzen, und könnte sogar gesellig damit tun – ließen sie mich nur –, denn es ist nur gut, auf vertrautem Fuße mit allen Bewohnern der Welt zu stehen, in der man wohnt.«

Da ist ja ein riesengrosses Schachspiel im Gang – über die ganze Welt hin – wenn das die Welt ist, heißt das. Ach welch ein Spaß! Wenn ich doch auch mit von der Partie sein könnte! Und wenn's als Bauer wäre, Hauptsache ich könnte dabeisein.

Die Pequod

Hear enttera Captayne Underhill
The Indians houses
Fort Streets

»Nach vielem lang anhaltenden Schlendern aufs Geratewohl erfuhr ich, daß da drei Schiffe klar waren für Dreijahresfahrten – Die Devil-Dam, die Tit-bit und die Pequod. *Devil-Dam*, davon weiß ich die Herkunft nicht; *Tit-bit* ist offensichtlich; *Pequod*, ihr werdet euch dessen sonder Zweifel entsinnen, war der Name eines berühmten Stammes von Massachusetts-Indianern, nunmehr ebenso ausgestorben wie die alten Meder.«

Ein Name wie ein Grabstein. Nichts, keine Planke, ist vom Schiff übriggeblieben, das der weiße Wal versenkt hat. Auch vom Indianerstamm, nach dem das Schiff getauft worden war, ist nur eines geblieben: sein Name. Die Pequod, »ausgestorben wie die alten Meder«, waren der erste Stamm der Ureinwohner Nordamerikas, der planvoll ausgerottet wurde.

Der Wilde Westen begann im wilden Osten. Im Jahr 1637. Aus Revanche für getötete Siedler erklärte die Kolonie von Connecticut am 1. Mai den Pequod den Krieg, dem sich die Kolonie von Massachusetts eilig anschloß. Unter dem Kommando von Captain John Mason zogen die puritanischen Truppen am 25. Mai vor Fort Mystic, ein mit Palisaden befestigtes Pequod-Dorf, steckten die Hütten in Brand und trieben die fliehenden Männer, Frauen und Kinder in die Flammen zurück. Nach einstündigem Massaker lagen die Leichen so dicht, daß man kaum darüber wegsteigen konnte. Etwa vier Fünftel des Stammes waren ausgelöscht, von den Engländern starben zwei.

Ein Exempel war statuiert. Im Folgejahr erschien in London »News from America« – Masons Massakerprospekt samt beistehender Schemaskizze (Detail) des Palisadendorfs. »Und fürwahr«, tönt es dort salbungsvoll wie von der Kanzel herab, »solchen Schrecken brachte der Allmächtige über ihre Seelen, daß sie vor uns flohen, geradewegs in die Flammen, wo viele von ihnen zugrunde gingen. Gott kam über sie und hohnlachte über seine Feinde, die Feinde seines Volkes, und ließ sie zu einem Feuerofen werden.« Und dann im puritanischen Klartext: »The Lord was pleased to smite our Enemies in the hinder Parts, and to give us their land for an inheritance.«

1 Vorschiff
2 Vordere Last
3 Fässer für den Tran
4 Untere Großlast
5 Specklast
6 Zwischendeck
7 Achterlast
8 Kombüse
9 Kapitänskajüte
10 Vorratsmagazin des Kapitäns
11 Deckfenster der Kajüte
12 Spill
13 Bugspriet
14 Trankocherei
15 Achterdeck
16 Heckreling
17 Walboote
18 Außenklüver
19 Klüver
20 Unterleesegel
21 Focksegel
22 Vorgaffelsegel (Gaffelsegel am Fockmast)
23 Großleesegel
24 Unterwanten
25 Großgaffelsegel (Gaffelsegel am Großmast)
26 Besan
27 Rahnock
28 Großsegel
29 Vormarsleesegel (Marsleesegel am Fockmast)
30 Vormars
31 Vormarssegel (Marssegel am Fockmast)
32 Bramwanten
33 Großmarsleesegel (Marsleesegel am Großmast)

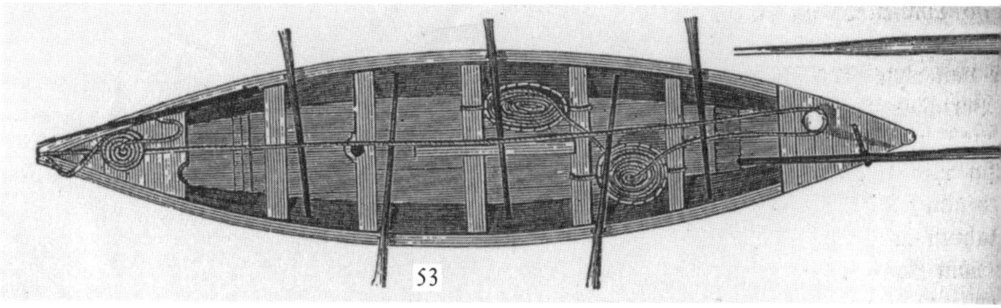

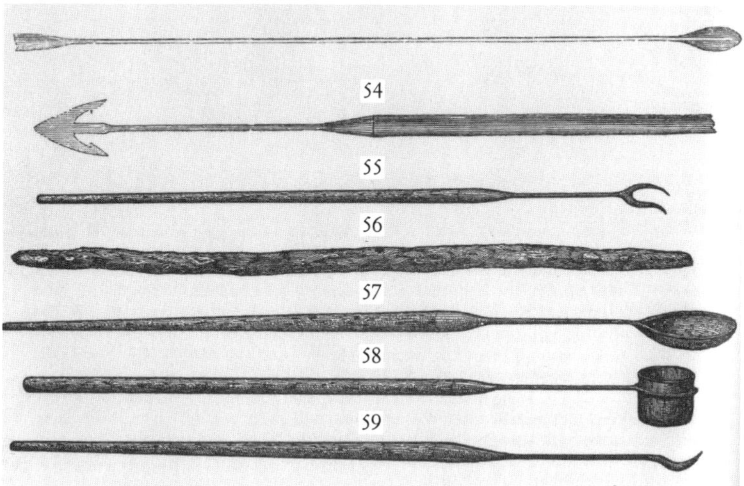

34 Großmars
35 Großmarssegel (Marssegel am Großmast)
36 Vorbram
37 Vorbramleesegel (Bramleesegel am Fockmast)
38 Vorbramsegel (Bramsegel am Fockmast)
39 Großbramleesegel (Bramleesegel am Großmast)
40 Großbramsegel (Bramsegel am Großmast)
41 Bramstengen-Quersalings
42 Kreuzbramsegel (Bramsegel am Besan- oder Kreuzmast)
43 Masttopp (Ausguck)
44 Kreuzoberbramsegel (Oberbramsegel am Besan- oder Kreuzmast)
45 Voroberbramleesegel (Oberbramleesegel am Fockmast)
46 Voroberbramsegel (Oberbramsegel am Fockmast)
47 Großoberbramleesegel (Oberbramleesegel am Großmast)
48 Großoberbramsegel (Oberbramsegel am Großmast)
49 Hundsflügel
50 Flaggenknopf am Fockmast
51 Flaggenknopf am Großmast
52 Falggenknopf am Besan- oder Kreuzmast
53 Walfangboot
54 Lanze und Harpune
55 Speckgabel
56 Rührstab
57 Schaumlöffel
58 Schöpflöffel
59 Feuerhaken

Herr über das Schiff

»Alles, was am meisten irremacht und peinigt; alles, was den Bodensatz der Dinge aufrührt; alle Wahrheit, die Arglist einschließt; alles, was die Körpersäfte aufzehrt und die Geisteskräfte verzehrt; all die subtilen Dämonismen des Lebens und Denkens; alles Böse war dem verrückten Ahab aufs sichtbarste verkörpert und aufs handgreiflichste angreifbar gemacht in Gestalt Moby Dicks. Auf des Wales weißen Buckel türmte er die Summe all der umfassenden Wut und des Hasses, welche seine ganze Rasse seit Adam je gefühlt; und dann, als wäre seine Brust ein Mörser gewesen, zerbrach er darin die Schale seines heißblütigen Herzens.«

Die umfassende Wut. Wer hat eigentlich den Unfug von der großen Charakterschilderung in *Moby-Dick* in die Welt gesetzt? Ahab ist kein wirklicher Mensch aus dem einfachen Grunde, weil er der Gegenpart zu Moby-Dick ist, von dem, so glaube ich, niemand Psychologie verlangen dürfte.

Den Verstümmeler verstümmeln

»Mir zur Prophezeiung war's, daß ich verstümmelt
werden sollt'; und – Aye! Verlor ich dieses Bein.
Nun prophezeie ich, daß ich den meinigen Verstümmeler
verstümmeln werd. Nun werde also der Prophet
mit dem Vollstrecker eins.«

Bei den Inuits oder Eskimos der Beringstraße müssen die Leichen verschiedener Tiere von dem Jäger sehr sorgfältig behandelt werden, damit ihre Schatten nicht beleidigt werden und über ihn oder sein Volk Unglück oder selbst den Tod bringen. Darum darf ein unalitischer Jäger, der an der Tötung eines weißen Walfisches beteiligt war oder auch nur einen aus dem Netz nehmen half, während der nächsten vier Tage keine Arbeit tun, weil dies die Zeit ist, da der Schatten oder Geist des Walfisches angeblich bei seinem Körper bleibt. Gleichzeitig darf niemand in dem Dorfe ein scharfes oder spitzes Instrument brauchen, aus Angst, er könnte den Schatten des Walfisches verwunden, der unsichtbar in der Nachbarschaft hausen soll; und kein lautes Geräusch darf gemacht werden, damit es den Geist nicht erschrecke. Später werden wir finden, daß manche Wilden tote Bären und Walfische dadurch versöhnen, daß sie ihnen Teile ihres eigenen Körpers opfern.

Du, Koch, feuerst die Hütte an

»Abgesehen von seinen aufgeheißten Booten, ist ein amerikanischer Walfänger von außen an seiner Trankocherei zu erkennen. Er bietet die kuriose Merkwürdigkeit allersolidesten Mauerwerks, welches sich zu Eiche und Hanf hinzugesellt, um das Schiff als Ganzes auszumachen. Es ist, als wäre vom freien Felde ein Ziegelofen auf ihre Planken verbracht worden.«

»Mit gewaltigen gezinkten Stangen stießen sie zischende Speckmassen in die siedenden Kessel oder schürten die Feuer darunter, bis die schlängelnden Flammen zuckend aus den Türen hervorsprangen, um sie an den Füßen zu fangen. Der Rauch wälzte sich in trübseligen Schwaden davon. Zu jedem Stampfen des Schiffs gab es ein Stampfen des kochenden Öls, welches ganz begierig schien, ihnen ins Gesicht zu springen.«

Die Pequod ist eine schwimmende Manufaktur, ein Relais zwischen Land und Meer. Die Schiffsmannschaft der *Pequod* mit ihren Amerikanern, Malaien, Schwarzen, Indianern usw. preit von ihrer Vergangenheit aus die Belegschaften der modernen Produktionswelt: die Türken und Jugoslawen bei Mercedes in Stuttgart, die Polen in Schacht 6 in Oignies, die Citroën-Werke von Robert Linhart; und gleichzeitig entspricht die weltweite Mobilität des Schiffes immer noch den Umschlagbewegungen, die das Kapital heute in Gang zu setzen weiß, den großen Marken des alten Europa, die in São Paulo, Macao usw. produzieren lassen.

»Daß der sterbliche Mensch jenes Geschöpf verspeist, welches seine Lampe speist, und ihn, wie Stubb, bei seinem eigenen Lichte ißt, wie man sagen könnte; dieses scheint eine so befremdliche Sache, daß man unbedingt ein bißchen in ihre Geschichte und Philosophie eindringen muß.«

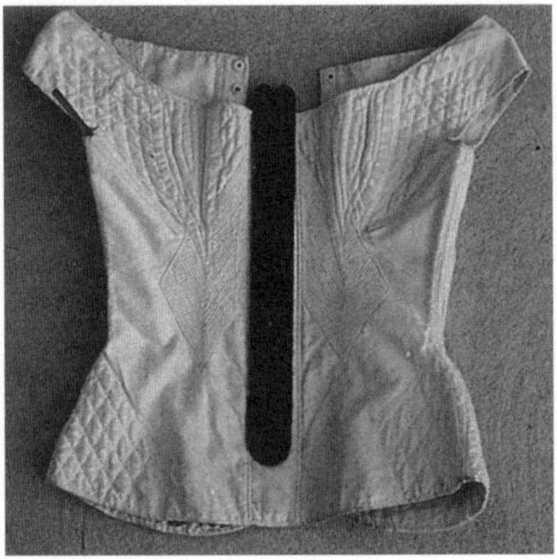

Bei seinem eigenen Lichte essen

WALMARKT. Tran dient als Brennstoff für Lampen, zur Herstellung von Seifen, zur Zurichtung von Wolle bei den Tuchmachern, es dient Sattlern, um das Leder geschmeidig zu machen, Malern zum Anrühren bestimmter Farben, Seeleuten dazu, das Pech fetter zu machen, mit dem die Schiffe gestrichen & geteert werden, Baumeistern & Bildhauern zum Bereiten einer Temperafarbe mit Bleiweiß oder Kalk, die hart wird, eine Schicht auf dem Stein bildet & ihn vor Verfall schützt. Was die Barten betrifft, so erstreckt sich ihr Gebrauch auf unendlich viele nützliche Dinge: Man macht daraus Korsettstäbe, Nadeln, Sonnenschirme, Korsagen & andere Gegenstände.

»Es war die Weiße des Wals, die mich mehr als alles andere entsetzte.«

»Ist's, daß sie vermöge ihrer Unbestimmtheit die Schatten der herzlosen Leeren und Unermeßlichkeiten des Universums vorauswirft und uns so hinterrücks mit dem Gedanken an Vernichtung erdolcht, wenn wir die weißen Tiefen der Milchstraße betrachten? Oder ist's, daß, da die Weiße in ihrem Wesenskern nicht so sehr eine Farbe ist als vielmehr die sichtbare Abwesenheit von Farbe, und gleichzeitig die Verdichtung aller Farben; ist's aus diesen Gründen, daß da eine solche stumme Abwesenheit von allem ist, hochbedeutungsvoll (...) – eine farblose, allfarbige Welt ohne Gott, vor der wir zurückschrecken?«

Ein nebulöses, namenloses Grauen

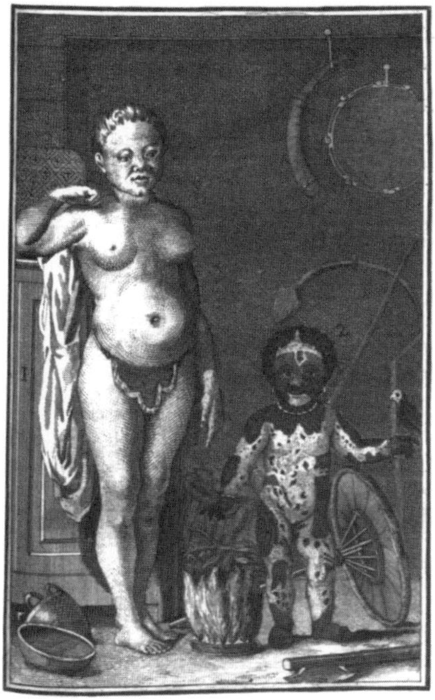

Aus der Natur schlagen. Vor King Kong oder den Dinosauriern des Jurassic Parc rennen alle davon. Aber sie sind nur riesig, keine Monster. Die Mißgeburt mit zwei Köpfen, das Albinokanin oder der weiße Wal versetzen in einen ganz anders gearteten Schrecken. Man sieht sich in einen Bann versetzt. Denn das Leben scheint gegen sich selbst zu rebellieren.

Monstrum besagt ursprünglich Mahnzeichen: Zeichen, die entziffert werden müssen, weil die Götter durch sie eine Botschaft an uns richten. Monstren in diesem Sinn kennt auch die Wissenschaft und Medizin bis ins 18. und 19. Jahrhundert. In Pathologien oder Abweichungen, in denen sie Sackgassen erkennt, will sie einen Bedeutungsüberschuß bergen. Zum Beispiel der von Melville geschätzte und zitierte Comte de Buffon (1707–1788), Verfasser einer epochemachenden Naturgeschichte. Die alte Frage: Sind Adam und Eva von weißer oder schwarzer Hautfarbe gewesen? Für Buffon ist die abgebildete äthiopische Albino-Negerin das Schlüsselargument, das diesen uralten Streit entscheidbar macht.

Pyramidische Schweig-samkeit

»Zudem, da seine Luftröhre einzig und allein in den Schlauch seines Blaskanals einmündet und da jener lange Kanal – wie der große Erie-Kanal – mit so etwas wie Schleusen (welche sich öffnen und schließen) für die niederwärtige Zurückhaltung von Luft oder die aufwärtige Aussperrung von Wasser versehen ist, darum hat der Wal keine Stimme, es sei denn, ihr wolltet ihn beleidigen, indem ihr behauptet, daß er, wenn er so befremdlich rumpelt, durch die Nase spricht. Doch dann wiederum, was hat der Wal schon zu sagen? Selten habe ich irgendein tiefsinniges Wesen gekannt, welches dieser Welt irgend etwas zu sagen gehabt, es sei denn gezwungen gewesen, etwas hinauszustammeln, um sich so den Unterhalt zu verdienen. Oh! Glücklich, daß die Welt ein so ausgezeichneter Zuhörer ist!«

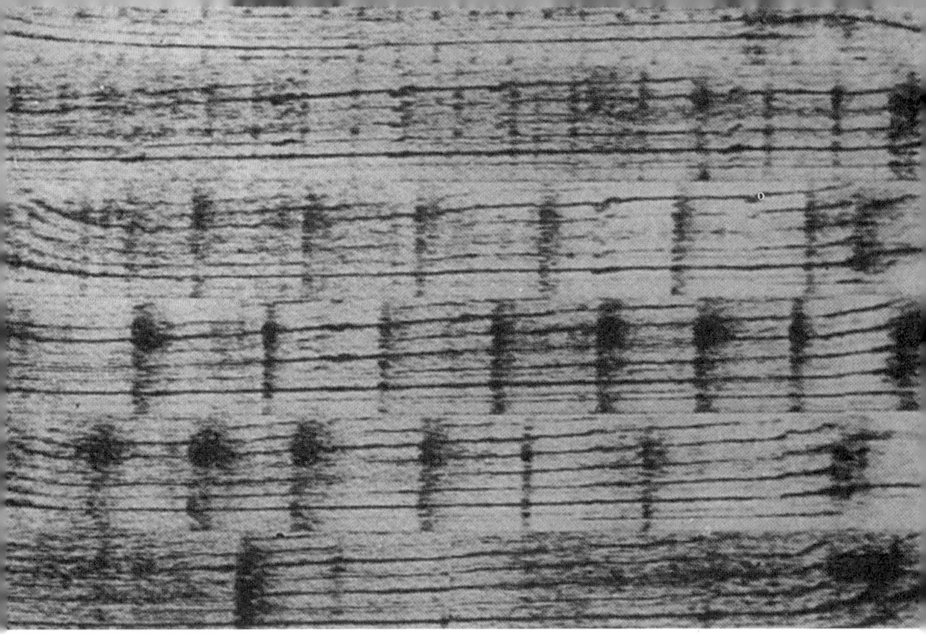

OH! GLÜCKLICH, DASS DIE Welt EIN SO AUSGEZEICHNETER ZUHÖRER IST! Das Pochen der Zwergwale, das Stöhnen der Finnwale und die Pfeiftöne der Buckelwale kennzeichnen je eigene Frequenzen, die es menschlichen Zuhörern – und deshalb vermutlich auch Walen – ermöglichen, einzelne Tiere über große Entfernungen auszumachen.

Der große Leviathan

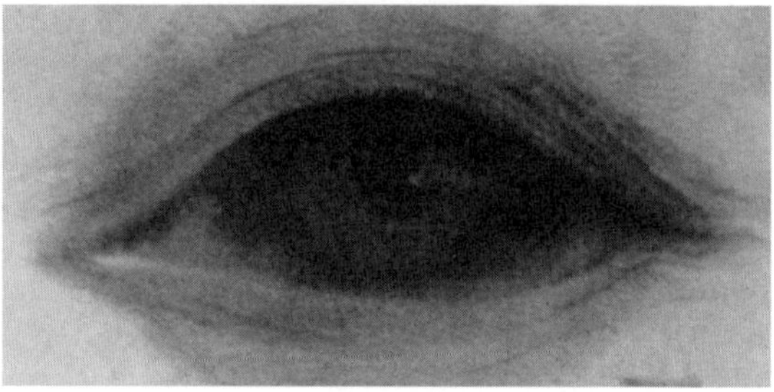

Je näher man ihn anschaut,
desto fremder schaut er zurück

»Dieses ganze Buch ist nur ein Entwurf –
nein, nur der Entwurf zu einem Entwurf.«

»Aus all diesen Gründen müßt ihr mithin,
wie immer ihr die Sache auch betrachtet,
zwingend folgern, daß der große Leviathan
jenes einzige Geschöpf auf der Welt ist,
welches bis zum letzten Tag ungemalt bleiben
muß. Wohl wahr, das eine Porträt mag
dichter am Ziel vorbeischießen als ein anderes,
doch keines vermag es mit etwelchem
nennenswerten Grad an Genauigkeit zu treffen.«

Autor

Herman Melville (1819–1891), Sohn einer bankrotten Kaufmannsfamilie, muß vorzeitig die Schule verlassen und arbeitet als Bankangestellter, Matrose und Lehrer, bevor er sich schließlich 1840 als Walfänger verdingt. Nach seiner Rückkehr schreibt Melville zahlreiche Romane und Erzählungen – *Typee* 1846, *Omoo* 1847, *Mardi* 1849, *Redburn* 1849, *White-Jacket* 1850, *Moby-Dick* 1851, *Pierre* 1852, *Israel Potter* 1855, *The Piazza Tales*, 1856, *The Confidence-Man*, 1857. Während der Autor mit seinen Reiseschilderungen zunächst sehr erfolgreich ist, werden seine Texte seit *Moby-Dick* regelmäßig verrissen. Um seine Familie ernähren zu können, nimmt er 1866 schließlich eine Stelle als Zollinspektor im Hafen von New York an, wo er bis zu seiner Pensionierung arbeitet.

»Was die ›Walfischfahrt‹ angeht, so stecke ich mitten drin in dem Werk, und ich bin froh, daß Ihre Anregung meiner eigenen Eingebung entgegenkommt. Es wird ein seltsames Buch werden, fürchte ich; Walfischspeck bleibt Walfischspeck; man mag Öl daraus gewinnen, aber das Dichterische ist daraus so zäh zu destillieren wie Saft aus einem gefrorenem Ahornbaum. Will man das Ganze zubereiten, so muß man es mit etwas Phantasie würzen, was sich aber – das liegt in der Natur der Sache – hier genau so unbeholfen ausnimmt wie die Luftsprünge der Walfische. Aber ich will trotzdem das Wahre an der Sache darstellen.«
An Richard Henry Dana, Jr., 1. Mai 1850

»Sehr geehrter Herr,
im kommenden Spätherbst werde ich ein neues Werk fertig haben; und ich schreibe Ihnen schon jetzt, um Ihnen die Veröffentlichung in England vorzuschlagen.

Das Buch ist eine abenteuerliche Geschichte, die sich auf gewisse wilde Legenden gründet, wie sie in den südlichen Pottwal-Fischereien im Schwange sind; lebendig wird die Geschichte durch des Autors persönliche mehr als zweijährige Erfahrung als Harpunier.

Sollten Sie geneigt sein, das Buch herauszubringen, so möchte ich seinen Wert auf zweihundert Pfund veranschlagen. Wenn Sie sich das Copyright sichern können, mag es noch mehr wert sein, in Anbetracht der Neuheit des Stoffes; denn ich glaube nicht, daß dieses Thema jemals von einem Romanschreiber behandelt worden ist, oder überhaupt auf eine angemessene Weise von irgendeinem Schriftsteller.«
An Richard Bentley, 27. Juni 1850

»Manchmal kommt es mir hier auf dem Lande vor, als wäre ich auf hoher See, zumal jetzt, da die ganze Weite mit Schnee bedeckt ist. Wenn ich am Morgen aufstehe, dann schaue ich aus dem Fenster, als wär's das Bullauge eines Schiffs auf dem Atlantischen Ozean. Mein Zimmer scheint dann eine Schiffskabine zu sein. Und wenn ich nachts aufwache und den Wind heulen höre, kommt es mir manchmal vor, als wären auf dem Dach zu viele Segel und ich müßte eigentlich hinaufklettern und den Kamin einholen.

Wollen Sie wissen, wie ich meine Zeit vertreibe? Um acht Uhr stehe ich auf, gehe in den Stall, biete dem Pferd einen guten Morgen und gebe ihm sein Frühstück (es bedrückt mich, daß ich ihm nur ein kaltes Frühstück geben kann, aber da kann man nichts machen). Dann besuche ich

meine Kuh, tranchiere ein oder zwei Kürbisse für sie und bleibe bei ihr stehen, um ihr beim Fressen zuzuschauen, denn es ist ein so vergnüglicher Anblick, einer Kuh beim Bewegen ihrer Kinnbacken zuzuschauen – sie tut das so milde und mit solchem heiligen Ernst. – Wenn mein eigenes Frühstück beendet ist, gehe ich in mein Arbeitszimmer und zünde mein Feuer an. Dann breite ich meine Manuskripte auf dem Tisch aus, werfe einen prüfenden Blick darauf und setze mich mit Energie an die Arbeit. Um drei Uhr nachmittag schlägt es, wie verabredet, gegen die Tür. Das bringt mich sofort von meiner Arbeit ab, auch wenn ich noch so angespannt über ihr sitze. Meine Freunde, das Pferd und die Kuh, verlangen jetzt ihre Mahlzeit, und ich stehe auf und serviere sie ihnen. Wenn meine eigene Mahlzeit hinter mir liegt, spanne ich meinen Schlitten an und fahre mit Mutter und Schwester ins Dorf. Wenn es ein Tag ist, an dem die ›Literary World‹ erscheint, ist die Freude besonders groß. Meine Abende verbringe ich in einer Art von mesmerisiertem Zustand – zu lesen bin ich unfähig – nur dann und wann durchblättere ich flüchtig ein Buch mit großen Buchstaben. – Könnten Sie mir nicht, sagen wir fünfzig der Schnellschrift mächtige junge Leute hersenden mit einer gewissen stilistischen Gewandtheit und gewillt, an der Verbesserung ihres Handwerks zu arbeiten? Ich wollte, Sie könnten das, denn seit ich hier bin, plane ich eine derart hohe Zahl von künftigen Werken und kann einfach die Zeit nicht finden, um im einzelnen über sie nachzudenken. – Aber ich weiß genau, solange ein Buch in eines Mannes Kopf herumspukt, geht es ihm besser, als wenn es später in Kalbsleder eingebunden ist. – Auf jeden Fall ist es dann keiner Kritik ausgesetzt, und ein Buch aus dem Gehirn ›herauszunehmen‹, ist ein nicht weniger kitzliges und gefährliches Unterfangen, als ein altes Bild aus dem Tafelwerk loszulösen. – Sie müssen sich das ganze Gehirn auskratzen, um das Buch einigermaßen heil herauszubringen – und sogar dann kann es vorkommen, daß das losgelöste Gemälde die ganze Mühe nicht lohnt.«
An Evert A. Duyckinck, 12. Dezember 1850

»Die Wahrheit ist freilich das albernste Ding unter der Sonne. Versuchen Sie, sich Ihr Auskommen mit der Wahrheit zu verdienen – und Sie marschieren in die Armenküche! … In einer Woche oder so fahre ich nach New York, um mich in einem Zimmer im dritten Geschoß zu vergraben und mich an meinem ›Wal‹ zu mühen und zu placken, während er durch die Druckerpresse jagt. Das ist die einzige Möglichkeit, wie ich ihn jetzt beenden kann – ich bin so hin und her gerissen von den Begleitumständen. Die Ruhe, die Kälte, die stille Graswachs-Stimmung, in welcher ein Mann stets schöpferisch tätig sein *sollte* – die, fürchte ich, kann selten die meine sein. Die verflixten Dollars sind mein Untergang; und der heimtückische Teufel grinst mich auch ewig an, während er die Tür einen Spaltbreit aufhält. Mein lieber Sir, ein Wahnbild lastet auf mir – ich werd' am Ende verbraucht sein und vergehen, wie eine alte Muskatreibe, in Stücke gerieben von der unablässigen Abnutzung durch das Holz, soll heißen: die Muskatnuß. Was zu schreiben ich mich am meisten hingerissen fühle, das fällt in Bann – es zahlt sich nicht aus. Und doch, ich kann alles in allem nicht auf die *andere* Weise schreiben. Also ist das Erzeugnis am Ende ein Ragout, und alle meine Bücher sind Flickwerk. Vielleicht bin ich ziemlich wehleidig in diesem Brief; aber sehen Sie sich meine Hand an! – vier Blasen auf dieser Handfläche, hervorgerufen durch Hacken und Hämmer in den letzten paar Tagen. ... Doch ich sprach vom ›Wal‹. Wie die Fischersleute sagen, ›er hängt im Wind‹, als ich ihn vor ungefähr drei Wochen verließ. Binnen kurzem allerdings werde ich ihn bei seinem Kiefer fassen und auf die eine oder andre Weise erledigen. Was nützt es, das mit Mühewaltung zu vollenden, was in seinem eigentlichen Kern so kurzlebig ist wie ein modernes Buch? Auch wenn ich in diesem Jahrhundert die Evangelien schriebe, ich würde doch im Rinnstein sterben. ...

Vor einem Jahr dachte ich vom Ruhm nicht, wie ich's heute tu. Meine Entwicklung hat sich ganz in den letzten paar Jahren vollzogen. Ich bin wie eins dieser aus den ägyptischen Pyramiden herausgeholten Samenkörner, welches, nachdem es dreitausend Jahre lang ein Samenkorn und nichts als ein Samenkorn gewesen, sobald man's in englische Erde pflanzte, sich entwickelte, zur Unreife wuchs und dann zu Humus zerfiel. So auch ich. Bis ich fünfundzwanzig war, habe ich mich überhaupt nicht entwickelt. Auf mein fünfundzwanzigstes Jahr datiere ich den Anfang meines Lebens. Kaum sind einmal drei Wochen vergangen, irgendwann zwischen damals und heute, ohne daß ich mich in mir selbst entfaltet hätte. Aber ich spüre, daß ich nun beim innersten Blatt der Zwiebel angelangt bin und daß die Blume binnen kurzem zu Humus zerfallen muß.«

An Nathaniel Hawthorne, 1. Juni 1851

»Soll ich Ihnen eine Finne vom Wal schicken als Mundvoll zur Probe? Der Schwanz ist noch nicht gekocht – obgleich das Höllenfeuer, in welchem das ganze Buch geschmort wird, nicht grundlos alles schon

zuvor gekocht haben könnte. Dies ist des Buches Motto (das geheime): – Ego non baptisto te in nomine – aber finden Sie den Rest selbst heraus.«
An Nathaniel Hawthorne, 29. Juni 1851

»Ich sag', Ihre Anerkennung ist meine erhabenste Ehrengabe. Auf meine stolze, kleinmütige Weise – ein Schäferkönig – war ich Herr über ein kleines Tal auf der einsamen Krim; doch sie gaben mir nun die Krone Indiens. Aber beim Anprobieren auf meinem Haupte stellte ich fest, daß sie mir auf die Ohren herabfiel, ungeachtet deren eselshafter Länge – denn nur solche Ohren sind's, welche solche Kronen halten. … Ich habe ein verruchtes Buch geschrieben und fühle mich unbefleckt wie ein Lamm. … Also wollen wir jetzt Moby Dick in unseren Segen einschließen und darüber wegschreiten. Der Leviathan ist nicht der größte Fisch; – ich habe von Kraken gehört.«
An Nathaniel Hawthorne, 17. November 1851

»Als ich es schrieb, hatte ich wohl eine vage Vorstellung davon, daß das ganze Buch einer allegorischen Grundkonstruktion fähig war, & daß das ebenso für einzelne Teile galt – doch die genaue Natur von etlichen der einzelnen untergeordneten Allegorien enthüllte sich mir erst, nachdem ich Mr. Hawthornes Brief gelesen, welcher, ohne daß er spezielle Beispiele benannt hätte, doch den wesentlichen Bestandteil des allegorischen Charakters des Ganzen andeutete.«
An Sophia Hawthorne, 8. Januar 1852

»Was mein eigenes, bald erscheinendes Buch betrifft, – es ist mir bereits aus den Händen genommen, muß aber erst über das Meer reisen, ehe es hier erscheinen kann. Kaufen Sie es ja nicht, lesen Sie's ja nicht, wenn es erscheint, weil es in keiner Weise ein Buch für Sie ist. Es handelt sich nicht um fein gesponnene Seide für zarte Hände, – sondern um ein fürchterliches, aus Schiffstauen und Stricken gewirktes Gebilde. Ein eisiger Wind bläst hindurch, und Raubvögel ziehen ihre Kreise darüber. Warnen Sie alle zimperlichen Leute, auch nur einen Blick hineinzutun, sonst kriegen sie Hexenschuß und Ischias.«
An Sarah Huyler Morewood, 12. September 1851

Sprecher

Christian Brückner, Jahrgang 1943, arbeitete schon während des Studiums in Berlin als Sprecher im Radio und am Theater. Als Synchronstimme von Warren Beatty in dem Film »Bonnie und Clyde« (1967) wurde seine markante Stimme bekannt; seit 1976, als ihn Martin Scorsese für die Synchronisation von »Taxi Driver« casten ließ, ist er die deutsche Stimme von Robert De Niro. Er synchronisierte Alain Delon, Bruce Dern, Peter Fonda, Giuliano Gemma, Richard Jordan, Martin Sheen, Robert Redford, Jon Voight, Harvey Keitel, Donald Sutherland, Michael York, Pierre Brice und Dennis Hopper. Selbst Klaus Kinski mußte in einigen Filmen mit Brückners Stimme sprechen. Brückner lebt in Berlin und New York.

Of man's first disobedience and the fruit
Of that fobidden tree whose mortal taste
Brought death into the world and all our woe
With loss of Eden –
Milton »Paradise Lost«

Nein, nein –

Da ist nicht der Anfang, am Anfang ist ein bearbeiteter, gekürzter, sozusagen nacherzählter Moby Dick, eigenartige Geschichte, sperrig und verschleppt;

das Thema: Meer & Jagd & der fast unsichtbare Kapitän;

aber anders als Abenteuergeschichten sonst, das Klima der Erzählung, schwer zu fassen, unschlüssig.

Nein, das ist nicht das Ende der Begegnung: die seltsame Geschichte macht von Zeit zu Zeit auf sich aufmerksam.

Und dann kommt der Roman mit seinem umfangreichen Leib, allerdings ohne die ganzen Appendices drumrum und ohne die drinnigen Fußnoten.

Nein, das war's noch nicht zur Gänze, aber alle Umschlingungen sind aufgehoben für irgendwann und wollen genauer betrachtet werden.

Dem Buch bleibt eine Aura, der auch das lange Liegenlassen nichts anhaben kann.

Dann: beim Wiederlesen fasziniert von der Hauptfigur:

Was für eine Rolle!

Das zu spielen: diesen fanatischen, zerrissenen Gottesoppositionellen!

Aber wo ist der Rahmen dafür, die Umsetzung, das dramatische Vehikel?

Immer wieder steht Ahab unbewegt an Deck, betrachtet von schräg unten, aus dem Niedergang; der Himmel ist niedrig und grau.

Späte Begegnung mit dem Originaltext, mit Orten: New Bedford, die Kirche, die Kanzel; Cape Cod als Vorhof der größeren Unendlichkeit, der See.

Nein, nein –

Keine Wallfahrt, zufälliger Ausflug. Aber manche Stätten können ihre Prägung durch eine literarische Vorlage nicht abstreifen.

Immer wieder Moby Dick.

Vollständige öffentliche Lesung durch viele Beteiligte, übersichtliche Gruppe der Interessierten oder gar Infizierten. Verschiedenste Übersetzungen werden benutzt, unter anderem die jüngste, sperrig, heißt es, schwer lesbar, dafür dem Original nahe, dem Autor in seiner Zeit nachgehend.

Ich kann gut mit ihr umgehen, sie tut sich mir auf, und was ich zu lesen bekomme –

noch ist sie unfertig –, macht mich auf den endgültigen Zustand neugierig.

Wieder eine Weile später (zwei Jahre, drei?) die Aufführung von Ahabs monologischen Texten mit sechzig Bläsern, ein Erlebnis für mich, die Einladenden konnten nichts wissen von meiner Melvillephilie.

Herausgabe der Liveaufnahme, zusammen mit einem Text von Jean Giono, dem französischen Melville-Übersetzer, in unserem Hörbuchverlag parlando.

Der Titel: »Annäherung an Melville«; eine Aufnahme von »Bartleby« war schon vorher erschienen und ist uns heute noch lieb.

Inzwischen ist die Rathjensche Übersetzung fertig, der Entschluß zur Gesamtaufnahme gefaßt.

Glückliche Begegnung mit Zweitausendeins, ja, natürlich: es war die Übersetzung!

Verabredung zur gemeinsamen Produktion, harte, harte Studiowochen, Konflikte, Unsicherheiten. Was machen wir, was haben wir gemacht? Dem Text Gerechtigkeit widerfahren lassen?

Das wissen wir bis heute nicht.

ANNÄHERUNGEN AN MELVILLE, immer wieder, bis heute

MOBY DICK.

Ein Monolith, der Glasberg; wer kann ihn besteigen, wer trifft ins Herz dieses unfaßbaren Werks, macht die Glut sichtbar, die nie zu Asche wird?

Annäherungen.

Call me Ishmael

Über setzer

Friedhelm Rathjen, Jahrgang 1958, lebt als freier Übersetzer und Literaturkritiker in Scheeßel (Niedersachsen). Zu seinen 800 Veröffentlichungen zählen mehrere Bücher und viele Aufsätze über James Joyce, Samuel Beckett, Arno Schmidt und andere Autoren; außerdem schrieb er Funkfeatures, Hörspiele, Lyrik, Prosa und Reisefeuilletons. Übersetzt hat er sowohl Klassiker der englischen und amerikanischen Literatur (neben Melville unter anderen Robert Louis Stevenson, Mark Twain, James Joyce, Gertrude Stein, Charles Olson, Edward Thomas, Richard Jefferies sowie die Tagebücher von Meriwether Lewis und William Clark) als auch verschiedene Gegenwartsautoren (Christopher Buckley, Tom Murphy, Jonathan Ames und andere).

Für den Übersetzer gibt es nur eine einzige Richtschnur, und das ist der Originaltext: dessen »Zustand« gilt es so getreu wie möglich nachzubilden. Wenn der Zustand des Originaltextes allerdings ein irgendwie problematischer ist, muß diese Problematik in der Übersetzung erhalten bleiben. Jede Eigenart nicht nur inhaltlicher, sondern auch sprachlicher, stilistischer, formaler Natur ist zu bewahren, so gut es eben geht.

Diese Grundregel meines übersetzerischen Tuns hat eine Reihe von Folgen. Eine lautet: als Übersetzer darf ich keine eigene Sprache haben, sondern muß mich der Sprache des jeweiligen Autors, des jeweiligen Buches anverwandeln. (Wenn die Erzeugnisse eines Übersetzers alle ähnlich klingen, wie das bei fortschreitender Professionalität oft geschieht, dann ist dies ein schlechtes Zeichen.)

Eine andere Folge ist: ich kann mich der Optimalleistung des Autors, den ich übersetze, immer nur annähern, kann diese nie übertreffen; Übersetzungen, die, wie gelegentlich zu hören, »besser als das Original« sein sollen, sind in Wahrheit »schlechter«, weil sie das Optimum mit ihrem Übertreffen verfehlen. (Autoren von eigenem Rang erweisen sich oft als problematische Übersetzer, weil es ihnen schwerfällt, als Diener eines anderen die eigene Statur zu verleugnen.)

Verbessert werden also soll nichts. Aber das, was an einem Text gut ist, soll der Übersetzer natürlich möglichst ebensogut replizieren: diese Forderung ist banal, alle Kritiker unterschreiben das. Was an einem Text neu ist, soll der Übersetzer als Neuheit replizieren: das klingt ebenso banal, scheitert aber in der Praxis daran, daß nicht jeder Übersetzer sich traut, etwas Neues zu machen. Noch kniffliger wird's womöglich, wenn an einem Text im Original etwas schlecht oder gar falsch ist. Aber ich darf an meinen Ausgangspunkt erinnern: einzige Richtschnur ist der Originaltext, und das heißt eben auch, wenn dort etwas schlecht oder falsch ist, muß der Übersetzer es eben richtig schlecht und richtig falsch replizieren.

Bei Literatur und ihrer Übersetzung geht es *nie* darum, was gemeint ist, sondern immer darum, was gesagt wird – und das heißt: *wie* es gesagt wird. Auf gar keinen Fall hat der Übersetzer eines literarischen Textes interpretierend, verdeutlichend, richtigstellend oder korrigierend in den Text einzugreifen: würde er das tun, so würde er damit den Text in seinem sprachlich-ästhetischen Sein verfälschen. Ich verlange deshalb dem Übersetzer ein gerüttelt Maß an Sturheit ab: er hat nicht abzuweichen von der Linie dessen, was der Quelltext ihm vorgibt. Und notfalls muß er es sich sogar verkneifen, den Text, den er übersetzt, unbedingt verstehen zu wollen. Warum das?

In einem meiner Aufsätze zur Übersetzung des Romans *Finnegans Wake* von James Joyce habe ich die (zugespitzte) These vertreten, ein guter Übersetzer dieses extremen, rätselhaften Textes dürfe nichts verstehen, denn sobald er etwas vom Text verstehe, übersetze er nicht mehr den Text in seiner ganzen Vielfalt, sondern nur noch sein eigenes (in diesem Fall notgedrungen sehr eingeschränktes) Verständnis und kehre alles unter den Tisch, was sich gegen das vereinnahmende Verstehen sträube.

Es geht also auch darum, daß der Übersetzer keine Hierarchie der Wichtigkeiten in einen Text hineinübersetzen soll: in einem literarischen Text sind Oberflächensinn, Aussageintention, sprachliche Gestalt, Semantik, Syntax, Klangstruktur und vielerlei andere ästhetische Phänomene als prinzipiell gleichrangig zu betrachten, und im Idealfall (der zugegebenermaßen selten eintritt) überträgt der Übersetzer alle diese ästhetischen Phänomene mit gleicher Sorgfalt in seine Zielsprache.

Nun kann man gewiß trefflich darüber streiten, was in einem Text überhaupt ein ästhetisches Phänomen ist und was nur unwillkürliche Begleiterscheinung desselben. Wenn ich die Klangstruktur eines Textes als ästhetisches Phänomen bis ins Detail ernst nehme, kann ich diesen Text gar nicht übersetzen, sondern nur noch abschreiben; wenn ich an der korrekten grammatischen Konstruktion eines komplizierteren englischen Satzes eisern festhalte, kommt in der deutschen Übersetzung ein Satz heraus, der unsern Regeln zufolge grammatisch falsch ist; wenn ich alle Konnotationen eines simplen quellsprachlichen Wortes in meine Übersetzung retten will, dann kann ich das womöglich nur in einer sehr komplizierten zielsprachlichen Begriffskombination schaffen, was aber wiederum der Forderung nach stilistischer, lexikalischer und phonetischer Äquivalenz zuwiderlaufen würde.

Es kommen sich also ständig die einzelnen Idealerfordernisse ins Gehege, und ich muß mich entweder für ein (immer überzogen wirkendes) Extrem oder für einen (stets faulen) Kompromiß entscheiden. Folglich stehe ich wieder vor der Notwendigkeit, entscheiden zu müssen, was mir an dem Text am wichtigsten und welche Einbuße mir am verschmerzbarsten scheint – anders gesagt: was ich unter allen Umständen bewahren will und was nicht unbedingt.

Eigentlich ist die Sache ganz einfach: der Übersetzer soll bloß die Sprache auswechseln, alles andere aber bewahren. Fragt sich nur: was gehört zur Sprache? Wenn im Englischen Partizipialkonstruktionen überaus häufig (und elegant zu handhaben) sind, im Deutschen aber selten vorkommen (und immer etwas umständlich klingen): heißt das dann, daß diese Konstruktionen grundsätzlich durch andere zu ersetzen sind? Wenn im Englischen oft und gern auf Shakespeare angespielt wird, im Deutschen häufiger auf Goethe: heißt das dann, daß der Übersetzer befugt (gar verpflichtet) ist, Shakespeare-Anspielungen durch Goethe-Zitate zu ersetzen? Wenn an den Rändern der englischen Sprache spezielle Sprachvarianten wie Pidgin oder Angloirisch oder der Jargon der versklavten Afroamerikaner entstanden sind, die es im Deutschen aufgrund der anders verlaufenen Kolonialgeschichte nicht gibt: heißt das dann, daß der Übersetzer solche Sprachfärbungen vollständig ignorieren (oder gar durch Gastarbeiterdeutsch, durch das Idiom der Rußlanddeutschen, durch vorhandene deutsche Dialekte ersetzen) muß?

Die Grundsatzfrage, die hinter alldem lauert, ist die altbekannte, die schon Schleiermacher in das Gegensatzpaar von Einbürgerung und Verfremdung kleidete (wobei Schleiermacher übrigens fürs Verfremden optierte): will ich den zu übersetzenden Text in meiner Übersetzung weitestmöglich in den deutschen Sprachraum integrieren (im Extremfall durch die Auswechslung von Namen, Realien, alltagskulturellen Anspielungen), oder will ich die Fremdheit unterstreichen, indem ich die Zielsprache weitestgehend den Strukturen der Quellsprache unterwerfe (notfalls auf Kosten der Lesbar- und Verständlichkeit)?

In dieser Grundsatzfrage (und vor allem der daraus zu folgernden Praxis) wird sich kaum jemand jemals ganz zu einem der diametral gegensätzlichen Ziele bekennen; jeder Übersetzer sucht den Kompromiß. Das geht mir nicht anders. Ich versuche stets, irgendwie allen Facetten des Originals gerecht zu werden, möglichst eng an Lexik, Syntax und Zeichensetzung des Quelltextes zu bleiben und gleichzeitig einen Text zu generieren, der als deutscher Text vorstellbar ist und funktioniert.

Ich bekenne, daß das im Rahmen der heute üblichen Gepflogenheiten eine Haltung ist, die weit enger an der distanzbetonenden als an der näheschaffenden Ideallinie liegt. Gerade bei ausgefallenen Sprachformen suche ich nicht nach vorhandenen deutschen Sprech- oder Schreibweisen, in die ich einen Text vollständig überführen könnte, sondern ich suche den Quelltext unter möglichst geringen Verlusten in eine deutsche Textexistenz zu verwandeln, die auf die Generierung neuer Sprechweisen hinausläuft.

Dies gilt namentlich für den Umgang mit Dialekten, Soziolekten und anderen sprachlichen Besonderheiten: immer suche ich auf der Grundlage der deutschen Sprache möglichst präzis das nachzubilden, was in der Quellsprache vorhanden ist. Der Rückgriff auf vorhandene deutsche Dialekte scheint mir in aller Regel wenig hilfreich, denn Seeräuber in schwäbelnder Mundart oder plattdeutsch redende Schotten werden in aller Regel (und sehr zu Recht) als Zumutung und unfreiwillig komisch empfunden.

Ich kann allerdings nicht verhehlen, daß die von mir geübte Praxis, da sie neue sprachliche Eigenheiten schafft und vorhandene Normierungszwänge ignoriert, zu einer gewissen Erschwerung der Lektüre führen kann: Übersetzungen, die dem Nivellierungssog der Zielsprache Widerstände entgegensetzen und gerade die Fremdheiten und Vielschichtigkeiten eines Textes zu betonen suchen, müssen auf den zielsprachlichen Leser tendenziell befremdlicher wirken, als dies der Originaltext auf den quellsprachlichen Leser tut. Eine solche Übersetzung wirkt dann kompromiß- und maßlos, aber das will sie auch, weil sie den Text eben nicht durch seine Überführung in das starre Korsett dessen, was in der Zielsprache üblich ist, bändigen und dadurch mäßigend auf ihn einwirken mag.

An gemäßigten Übersetzungs-Versionen des *Moby-Dick* ist kein Mangel, und ebendies hat meine Entscheidung, bei der Übersetzung dieses Brockens aufs Ganze zu gehen, durchaus befördert. Als Norbert Wehr mich 1991 fragte, ob ich – zunächst ausschnitthaft fürs *Schreibheft,* später komplett für eine projektierte Werkausgabe – Melvilles Meisterwerk übersetzen wolle, wußte ich darauf nicht gleich etwas zu sagen, denn ich kannte das Werk nur aus der zweifelhaften Verfilmung mit Gregory Peck in der Hauptrolle.

Um zu sehen, welcher Spielraum einer Neuübersetzung blieb, verglich ich als allererstes das Original mit der damals besterreichbaren Übersetzung, nämlich der Fassung von Alice und Hans Seiffert. Diese Fassung, von etlichen Sachkundigen (und durchaus mit Gründen) für die bis dahin beste Eindeutschung gehalten, zeigte mir vor allem, wie ich es *nicht* machen wollte: die Seifferts haben die erratische, weitschweifige, oft ungelenke, in vielfacher Hinsicht inkonsistente, nach landläufigen Vorstellungen handwerklich völlig verkorkste Melvillesche Textur in einen einigermaßen homogenen, syntaktisch klaren, fast eleganten und dabei durchaus nicht simplifizierenden Sprachkörper verwandelt.

Das ist keine kleine Leistung, eliminiert aber gerade das, was für mich die einzigartige Faszination des *Moby-Dick* ausmacht: der Roman ist (im Original) ein absolutes Unding, eine Monstrosität, ein Bastard. Glätte, Geschlossenheit, Stil: alles, was gemeinhin als Forderung an einen gut geschriebenen Roman herangetragen wird, schien mir von Anfang an mit dem *Moby-Dick* gänzlich unvereinbar.

Die Übersetzung dieses Romans mußte gewissermaßen von innen heraus erarbeitet werden: vom getreulich verzeichneten Detail, von den Brüchen, den Ungelenkheiten, den sprachlichen und formalen Inkonsistenzen her. Ein solches Verfahren bot die einmalige Chance, einen deutschen *Moby-Dick* zu schaffen, wie es ihn noch nicht gab.

Es hat anderswo (gleichzeitig sogar) ähnliche Ansätze gegeben, in der von mir erstrebten Weise übersetzerisch mit Melville umzugehen. 1991 erschien im Verlag Gachnang & Springer das Tagebuch von Melvilles Europareise 1856/57; in der Nachbemerkung zu dieser Ausgabe rechtfertigt der Übersetzer und Herausgeber Daniel Göske seine Arbeitsweise: »Melvilles eigenwillige Syntax und Zeichensetzung wurde weitgehend nachgebildet, uninteressante Schreibfehler dagegen stillschweigend korrigiert. Die Übersetzung versucht nicht, den Fragmentcharakter dieser Reisenotizen zu verleugnen, ihre oft dunkle und ungehobelte Sprache aufzuhellen oder zu glätten.« Und weiter: »Leitgedanke bei der Übersetzungsarbeit war die Auffassung, daß der besondere Reiz dieses Textes bei aller ›Modernität‹ des Autors für heutige Leser in seiner historischen Fremdheit, seinem unverwechselbar individuellen Profil, seiner kompromißlosen Eigenart liegt.«

Ich muß gestehen, daß ich Göskes Arbeit während meiner eigenen Übersetzungsfron noch nicht kannte, aber die Auffassung vom Text, die mich leitete, wäre kaum trefflicher zu charakterisieren als mit seinen Worten. Eigenwillig, dunkel, ungehobelt; fremd, kompromißlos, eigenartig: das sind alles Vokabeln, die für den *Moby-Dick* noch in ungleich höherem Maße gelten als für die Reisetagebücher.

Jedermanns Sache ist ein so beschriebener Ansatz nicht und soll er auch nicht sein. Es hat im Rahmen der editorischen Bemühung um meine Übersetzung Versuche gegeben, meine Arbeit an der Textoberfläche und namentlich meine Orientierung an Syntax und Zeichensetzung als sklavisches Kleben am Original und als Versuch der Erstellung einer dysfunktionalen Interlinearversion zu diskreditieren.

Nun mag man die Frage der Interpunktion für eine Petitesse von rein äußerlich-formalem Rang halten; gerade die Einstellung zu dieser Frage ist aber ausgesprochen symptomatisch, wenn es darum gehen soll, die gegenläufigen Auffassungen von der anzustrebenden Übersetzungsgestalt zu exemplifizieren.

Im gleichen Zusammenhang, in dem mir vorgehalten wurde, die von mir praktizierte Nachbildung der Melvilleschen Interpunktion mache im Deutschen keinen Sinn, wurde eingeräumt, schon bei Melville selbst sei diese Interpunktion erratisch, meist sinnlos und oft sogar dysfunktional. Eben daraus folgt nun freilich für mich der logische Schluß, daß auch ich als Übersetzer in diesem Bereich erratisch, logisch inkonsequent und dysfunktional nicht nur sein kann, sondern sogar muß. Alles andere läuft auf eine Glättung der Textoberfläche hinaus.

Bei einem so extremen Text wie dem *Moby-Dick* ist es ausgesprochen leicht zu meinen, irgend etwas, was Melville da treibt, »gehe nicht«, sei im Deutschen »nicht möglich«, könne in der Übersetzung bloß durch irgendeinen Notbehelf »angedeutet« werden oder müsse gar, wenn es sich um einen Defekt handelt, »behutsam behoben« werden.

Im Interesse der Lesbarkeit ist das nicht unbedingt ganz falsch; angesichts der Tatsache, daß mehrere allzu lesbare deutsche Fassungen des *Moby-Dick* bereits vorliegen, vertrete ich aber in aller mir möglichen Entschiedenheit das gegenteilige Prinzip: alles geht, alles muß möglich gemacht werden, und nichts darf nur angedeutet werden – im Gegenteil, es geht darum, Fehler und Inkonsistenzen und Variationsbreiten im Zweifelsfall eher noch zu verstärken, als ausgleichende Ungerechtigkeit sozusagen.

Wenn etwas falsch ist im Quelltext, dann muß es im Zieltext »richtig falsch« nachgebildet werden (ich bediene mich hier einer Formel Fritz Senns, ohne ihn deswegen für irgend etwas verantwortlich machen zu wollen); wo im Original etwas inkonsequent ist, muß es in der Übersetzung richtig inkonsequent werden; wo in Melvilles englischem Text Dialekte, Fach- und Sondersprachen Farbe ins Spiel bringen, darf diese Farbe in meinem deutschen Text keineswegs nur blaß angedeutet, sondern muß richtig kräftig aufgetragen werden. Behutsamkeiten sind fehl am Platz; die Kunst des Nur-Andeutens ist eine schöne Kunst, die freilich im *Moby-Dick* wenig zu suchen hat, weil sie zu konturlosem Kompromißlertum führt.

Dem Einwand, mit meinen unmotiviert kräftigen Pinselstrichen verwandele ich den *Moby-Dick* in eine Spielwiese für Manierismen und Idiosynkrasien vielerlei Art, kann ich nur entgegenhalten, daß der originale *Moby-Dick* unter anderem auch ein Meisterwerk der manieristischen Exzesse ist. Und es ist ein Meisterwerk der exzessiven, der gleichsam konsequenten Inkonsequenzen.

Nach meinem Verständnis sollte es das Ziel des Übersetzers sein, auch Schieflagen, Inkonsistenzen, Holperigkeiten und Verstiegenheiten getreulich abzubilden. Nehmen wir als Beispiel den berühmten dritten Absatz des Kapitels XLII (»The Whiteness of the Whale«), einen Absatz, der nur aus einem einzigen, durch etliche Semikola gegliederten, über anderthalb Seiten sich erstreckenden Satz besteht. Als sehr unaufdringliche Klammer um diesen Satz fungiert eine morphologische Spiegelung zwischen seinem Anfang und seinem Ende: zu Beginn wird als Thema des Satzes »whiteness« benannt, ganz zum Schluß als Gegenpol auf »redness« verwiesen.

Natürlich muß diese Klammer in der Übersetzung bestehenbleiben (in meiner Fassung tut sie es als »Weiße« und »Röte«), doch andere Übersetzungen vernachlässigen diesen Aspekt vielfach (von Seggern: »Das Weiße« / »das [...] Rot«; Güttinger: »weiße Farbe« / »Rot«; Mutzenbacher und Schnabel: »Weiß« / »Rot«; Mummendey: »weiße Färbung« / »rote Farbe«; die Seifferts: »Weiß« / »die Röte«; Jendis: »Weiß« / »Rot«), was recht symptomatisch ist, denn auf lautliche, morphologische und semantische Mikrostrukturen, die im alles verschlingenden Chaos des *Moby-Dick* überall vorhanden sind, haben die Übersetzer ausgesprochen selten geachtet.

Innerhalb der genannten Klammer aus »whiteness« und »redness« baut Melville dann repetitiv und interruptiv eine umständlich-langatmige Konstruktion auf, die er am Ende aber (und darauf beruht die Wirkung dieses Absatzes!) plump durchbricht und mit einem »falschen« Anschluß beendet: »Though in many natural objects, whiteness refiningly enhances beauty, as if imparting some special virtue of its own, as in marbles, japonicas, and pearls; and though [...]; even the barbaric, grand old kings of Pegu [...]; and the modern kings of Siam [...]; and the Hanoverian flag [...]; and though [...]; and though [...]; and though, besides all this, [...]; though [...]; though even [...]; and [...]; and though [...]; and though [...]; and though [...]; though [...]; yet for all these accumulated associations, with whatever is sweet, and honorable, and sublime, there yet lurks an elusive something in the innermost idea of this hue, which strikes more of panic to the soul than that redness which affrights in blood.«

Was machen Übersetzer mit einem solchen Monstrum? Die meisten zerlegen den Absatz in etliche grammatisch völlig unauffällige Einzelsätze; das repetitive Moment geht ganz verloren, der Bruch des Melvilleschen »yet« wird in eine glatte Fügung überführt.

Ich habe in meiner Fassung dagegen versucht, die spröde Entwicklung, die der Langsatz bei Melville nimmt, so getreu wie möglich nachzuahmen; und natürlich ist bei mir (wie bei Melville) der abschließende Bruch nicht geglättet und nicht durch Hilfsmaßnahmen der Zeichensetzung flankiert, sondern unabgefedert ins Werk gesetzt: »Obschon die Weiße bei vielen natürlichen Gegenständen auf raffinierte Weise die Schönheit veredelt [...]; und obschon verschiedene Völker [...]; sogar die barbarischen, großen alten Könige von Pegu [...]; und die modernen Könige von Siam [...]; und die hannoveranische Flagge [...]; und das große österreichische Kaiserreich [...]; und obschon [...]; und obschon, neben alledem, [...]; obschon [...]; obschon [...]; obschon [...]; von den persischen Feueranbetern [...]; und in der griechischen Mythologie [...]; und obschon [...]; und obschon [...]; und obschon [...]; obschon [...]; und doch, trotz all dieser aufgehäuften Verknüpfungen mit allem, das süß und ehrwürdig und erhaben ist, lauert da doch zuunterst in der Vorstellung von diesem Farbton ein unergründliches Etwas, welches der Seele grausigere Bestürzungen eingräbt als jene Röte, die am Blute entsetzt.«

Ein schreckliches Satzungetüm? Natürlich – das soll es sein, schließlich geht es hier um die Schrecken der Farbe Weiß, und schließlich ist der Satz schon in der Melvilleschen Vorlage, die ich als bindend betrachte, von kaum zu überbietender Monstrosität.

Die Erzählrede Melvilles ist ungeheuer vielfältig, häufig inkonsistent, kenntnis- und anspielungsreich, aber im Vortrag durchaus nicht immer souverän, streckenweise um stilistische Finessen und verbale Eloquenz bemüht, dabei aber keineswegs immer stilsicher und nie wirklich elegant, sondern über weite Strecken eher holzschnitthaft, verstiegen und verquer – das alles gehört, ob nun intendiert oder nicht, zur gewaltigen Leistung Melvilles und sollte in einer Übersetzung so getreu wie irgend möglich repliziert werden.

Den differenzierten Erzählmodi tritt dann auch noch die ausgesprochen facettenreiche Figurenrede hinzu, die es ebenfalls ohne Nivellierung in die Zielsprache zu überführen gilt. Ein Extremfall ist dabei der Sprechduktus von Queequeg, der so redet, wie er heißt: sehr ie-lastig und extrem schräg. Gleich im dritten Kapitel hat er seinen großen Auftritt, als er den Erzähler Ishmael unter seiner Bettdecke findet und aufkreischt: »Speak-e! tell-ee me whoo-ee be, or dam-me, I kill-e!«

Bisherige Übersetzer haben dieses drastische Pidgin-Englisch allzu zivil und halbherzig übertragen oder sogar Zuflucht zu einem völlig unangemessenen Simpeldeutsch genommen (von Seggern: »Du sprechen, du mir sagen, wer du sein [...], oder ich dich töten!«; Güttinger: »Sprich! Sag, wer du bist, verdammt, sonst mach ich dich kaputt!«; Mutzenbacher und Schnabel: »Sag was-rr! Sag-rr wer du sein, sonst totschlag-rr!«; Mummendey: »Du sprech – verdammt –, oder ich dich bring um«; die Seifferts: »Du sprrech-i, verfluchch-i, sonst ich stech-i«; in der gekürzten deutschen Fassung von Johannes Ferdinand Wetzel lese ich: »Wer, Teufel, du sein? [...] Du Mund halten, 'dammt, sonst toter Mann«; und bei Jendis: »Sprechen! Sagen wer sein, oder vadammt, ich dich totmachen!«).

Im Bewußtsein, daß Dialekte auch da, wo sie mit sprachlichen Insuffizienzen einhergehen, nie zur Verarmung, sondern immer zu einer Bereicherung der Grundsprache beitragen, habe ich die von Melville vorgegebene ie-Lastigkeit Queequegs in eine geschmeidig zu handhabende Redeweise zu überführen versucht: »Sprech-ier! zähl-ier mir weer-dir bist, oder damm-mir, ich mord-dir!«

Zur angestrebten Geschmeidigkeit und Beweglichkeit gehört es aber auch, daß da, wo Melville später im Kapitel XXXVI die ie-Lastigkeit des stammelnden Queequeg reduziert und den Unverständlichkeitsfaktor erhöht (»And he have one, two, tree – oh! good many iron in him hide, too, Captain, [...] all twiske-tee be-twisk, like him – him –«), mein Zugriff in der Lage ist, diese Verschiebung semantisch, syntaktisch, lautlich und selbst im Schriftbild mitzuvollziehen: »Und er hab auch ein, zwei, drei – oh! gut viel Eisen in ihm steckt, Kapitän, [...] ganz tee-dreh trehdet, wie ihn – ihn –«.

Es ist nach meinem Verständnis wichtig, daß der Übersetzer des *Moby-Dick* in der Lage ist, plötzliche Veränderungen in den Redeweisen der Figuren mitzumachen. Anhänger konventioneller Erzählverfahren müssen bei diesem Gedanken selbstverständlich heftig schlucken, denn gemeinhin gilt es als Verstoß gegen die elementarsten Regeln des Handwerks, wenn die Figurenrede inkonsistent gehandhabt wird. Melville steckt voll von solchen Inkonsistenzen! Der unübertroffene Höhepunkt in dieser Hinsicht ist die Redeweise der Zentralfigur Ahab, die von Kapitel zu Kapitel und selbst innerhalb einzelner Kapitel extrem variiert.

Es gibt Passagen, in denen Ahab sich der Slangsprache der einfachen Seeleute annähert (Kapitel XLVIII: »Lower away, then; d'ye hear? [...] give way, all four boats«); anderswo setzt er zu einem pathetischen, von repetitiven und chiastischen und anagrammatischen Mikrostrukturen durchwirkten Ton an (Kapitel XCIX: »So be it, then! Here's stout stuff for woe to work on. So be it, then.«); in wieder anderen Passagen nähert er sich mit verkappten Blankversen dem Dramenduktus Shakespeares (Kapitel XXXVII: »This lovely light, it lights not me; all loveliness is anguish to me, since I can ne'er enjoy«), und eine weitere soziolektale Facette kommt durch seine Verwurzelung in der Gemeinschaft der Quäker ins Spiel (Kapitel XXXVI: »But what's this long face about, Mr. Starbuck; wilt thou not chase the white whale? art not game for Moby Dick?«).

Es ist einerseits verständlich, daß frühere Übersetzer versucht haben, hier Ordnung zu schaffen und die von Melville verwehrte eindimensionale Stimmigkeit der Figur nachträglich im Text zu installieren, indem sie Ahabs Figurenrede mehr oder weniger konsequent normierten.

Für mich kommt das freilich einer groben Reduktion der sprachlichen Vielfalt des *Moby-Dick* gleich, die ich unter allen Umständen vermeiden wollte; auch die Eindampfung der Sprachvarianten auf einige wenige zaghafte Signale (mit dem Argument, es gebe im Deutschen nun mal keine Quäker-, keine Shakespeare- und keine Walfängersprache) entschärft den Text auf fahrlässige Weise.

Deshalb habe ich mich bemüht, im Zweifelsfall eher zu kräftig als zu halbherzig in die Trickkiste zu greifen und mich namentlich nicht vor krausen und knorrigen, vor verstiegenen und versponnenen Lösungen zu scheuen. Mein Ahab spricht also mit voller Absicht immer mindestens ebenso befremdlich-polyphon und so sperrig-verdreht wie der des Originals: »Wegfieren also; verstanden? [...] und immer gib ihm, alle vier Boote.« »So sei es denn! Hier steht ein starker Stoff für's Weh, sein Werk zu wenden dran. So sei es denn.« »Dies lieblich' Licht, mir leuchtet's nicht, all' Lieblichkeit ist mir nur Pein, denn niemals kann genießen ich.« »Aber was ziehest du für ein langes Gesicht, Mr. Starbuck; wollest den weißen Wal nicht jagen? keinen Mumm für Moby Dick?«

Ich könnte zahlreiche weitere Beispiele anführen für das, was ich in meiner *Moby-Dick*-Übersetzung versucht habe, doch die hier Pars pro toto vorgestellten Details mögen reichen, um Mißverständnisse über meine Ziele auszuschließen.

Angesichts der Tatsache, daß alle früheren Eindeutschungsversuche Melvilles Text in vielfältiger Weise geglättet und eingeebnet haben, habe ich auf solche Glättungen und Einebnungen grundsätzlich verzichtet und alle Tonlagen, Stilelemente und formalen Maßnahmen des Originals so getreu wie irgend möglich wiederzugeben angestrebt. Nicht aufpoliert wurden namentlich alle scheinbaren oder auch tatsächlichen Inkonsistenzen, Ungelenkheiten, Umständlichkeiten und was der Defekte mehr sein mögen; dahinter steckt auch die Erkenntnis, daß der *Moby-Dick* gerade alles andere ist als ein »gerundetes Ganzes«, ein in sich geschlossener »Kosmos«, gar ein perfektes Werk.

Melvilles enzyklopädischer Zugriff auf seinen Stoff hat natürlich auch so etwas wie Totalität im Sinn, doch ironischerweise wird die Totalität um so mehr zersplittert und fragmentarisiert, je heftiger und umfänglicher man ihr hinterherschreibt – eine Erfahrung, die auch andere Autoren dicker und weltliterarisch bedeutender Romane haben machen müssen.

Komplettität ist ein Ziel, das mit wenigen Worten immer besser erreicht werden kann als mit vielen: der Begriff »Welt«, das pompös intonierte Wort »Kosmos«, ein schwach gehauchtes »All« oder das ganz für sich stehende »O« sind in sich schon umfassendere und in sich geschlossenere Ausdrücke von Totalität, als sie vielhundert- oder tausendseitige Inventarisierungen je zuwege bringen. In einem bestimmten Sinne kann nur das Einzelne, jedenfalls das Isolierte, ein Ganzes sein.

Der *Moby-Dick* ist kein Ganzes, weil Melville es nicht bei der leeren weißen Projektionsfläche der fleckenlosen Farbe beläßt, sondern diese Projektionsfläche ausfüllt mit Hunderttausenden sich ineinander verhakender und verkantender Wörter. Dieser Roman ist die literarische Wirrnis schlechthin.

Nachweise

SEITE **2/3** Bild (B): Wrack der »Fortuna«, ein 1914 gesunkener Walfänger, der zehn Jahre später gefunden wurde. Foto (F): 1925. NN. Zitate (Z) immer aus: Herman Melville, Moby-Dick; oder: Der Wal. Deutsch von Friedhelm Rathjen, Zweitausendeins, Frankfurt am Main 2004, S. 290 f. Kommentar (K): Julian Barnes, Eine Geschichte der Welt in 10½ Kapiteln. Zürich 1990, S. 149. SEITE **4–19** Zwölf Walarten aus: The American Educator. Encyclopedia. Chicago. New York. Toronto 1959, Band 10, S. 3879 f. Romankompress nach Johannes Beer, Der Romanführer. Stuttgart 1956. SEITE **20/21** Z: S. 3 u. 9f. B: Illustration von John Tenniel (1916) zu Lewis Carroll, Through the Looking Glass. K: Lewis Carroll, Alice hinter den Spiegeln. Übersetzt von Christian Enzensberger. Frankfurt 1963, S. 152 f. SEITE **22/23** B: Detail aus: »The Figure of the Indian Fort or Palizado in New England«, Capt. John Underhill, News from America, London 1638. Z: S. 99. K: MW. SEITE **24/25** B: Schiff, Walfängerboot und Werkzeuge aus: Das Buch der Erfindungen, Gewerbe und Industrien III. 8. Auflage. Leipzig und Berlin 1890, S. 490; Gay Wilson Allen, Melville and his World. London 1971, S. 72. SEITE **26/27** B: Patrick Stewart in »Moby Dick«, USA 1997. F: FILM-DIENST-ARCHIV. Z: S. 260. K: Cesare Pavese, Schriften zur Literatur. Hamburg 1967, S. 127. SEITE **28/29** B: Gregory Peck in John Hustons »Moby Dick«, 1956. F: Archiv BW. Z: S. 236. K: James George Frazer, Der goldene Zweig. Das Geheimnis von Glauben und Sitten der Völker. Reinbek bei Hamburg 1989, S. 320 f. und 571. SEITE **30/31** B: Gutehoffnungshütte, Oberhausen. Hochofenabstich (Postkarte). Z: S. 594 ff. K: Jean-Pierre Lefebvre, Die Arbeit des Wals. Red Moby &/or: Das Kapital. In: Herman Melville, Moby-Dick; oder: Der Wal. A. a. O., S. 829 ff. SEITE **32/33** B: Kerzen, Korsett, Schirme und Walfleisch in Dosen aus: Heathcote Williams, Kontinent der Wale. Frankfurt 1988, S. 65, 68, 79, 153. Z: S. 421. K: Denise Diderot, »Walfang«. In: Die Welt der Enzyklopédie. Ediert von Anette Selg und Rainer Wieland. Frankfurt 2001, S. 425. SEITE **34/35** Z: S. 265 u. 275. B: Charles de Buffon, Histoire Naturelle Générale et Particulière. Tome XI. Deux-Ponts 1785–1787, S. 279. K: MW. SEITE **36/37** Z: S. 526. B: Sonogramm aus: Heathcote Williams, Kontinent der Wale. Frankfurt 1988, S. 24. K: Lyall Watson/Tom Ritchie, Whales of the World. London 1981. SEITE **38/39** B: Walauge aus: Heathcote Williams, Kontinent der Wale. A. a. O., S. 138. Z: S. 374. SEITE **41–45** B: Herman Melville. Ölgemälde von Asa W. Twichtell (ca. 1847). Alle Briefauszüge übersetzt von Friedhelm Rathjen. SEITE **47** B: Christian Brückner. F: © Isabelle Girard de Soucanton. SEITE **51** B: Friedhelm Rathjen. F: © Detlev Kaldinski.

Herausgeber und Verlag danken für die freundlichen Abdruckgenehmigungen. Die Rechtslage bezüglich der reproduzierten Bildvorlagen wurde – soweit möglich – sorgfältig geprüft; sofern Rechteinhaber nicht ermittelt werden konnten und diese uns dankenswerter Weise in Kenntnis setzen, sind wir gerne bereit, ungenannte Rechteinhaber in der nächsterreichbaren Ausgabe als solche auszuweisen.

Originalausgabe.
1. Auflage Juni 2006.

In Zusammenarbeit mit parlando, Edition Christian Brückner.

2 MP3-CDs. Gesamtspieldauer: 30 Stunden.

Sprecher: Christian Brückner.
Regie: Waltraut Brückner.
Ton: Christian Ulrich.
Lektorat: Ekkehard Kunze (Büro W, Wiesbaden).
Schubergestaltung: Sabine Kauf und Fritz Fischer,
unter Verwendung von Federzeichnungen Rockwell Kents.
Satz und Herstellung: Dieter Kohler GmbH, Wallerstein.
Lithographie: Manfred Fischer, Maintal.
Druck: Gutmann + Co GmbH, Talheim.
Einband: G. Lachenmaier, Reutlingen.

Dieses Buch gibt es nur bei Zweitausendeins im Versand,
Postfach, D-60381 Frankfurt am Main. Telefon 069-4208 000, Fax 069-415 003.
Internet www.Zweitausendeins.de, E-Mail: Service@Zweitausendeins.de.
Oder in den Zweitausendeins-Läden in Berlin, Düsseldorf, Frankfurt a. M., Freiburg,
2x in Hamburg, in Hannover, Köln, Mannheim, München, Nürnberg, Stuttgart.

In der Schweiz über buch 2000, Postfach 89, CH-8910 Affoltern a. A.

ISBN-10: 3-86150-666-1
ISBN-13: 978-3-86150-666-9